心在哪裡呢？

作／今野仁美　　圖／井本蓉子　　翻譯／米雅

心到底在哪裡呢？

一見到喜歡的人，
　　兩頰就變得紅通通。

心是不是長在我的臉頰上呢？

胸口也感到一陣一陣怦怦跳，
心會不會長在我的胸口呢？

我覺得是長在鼻子上啦！

我覺得心應該是長在頭上。
因為每次絞盡腦汁想事情的時候，
我就頭痛！

我也這麼覺得！

遇到不開心的事情，
我是肚子痛吔！

所以，
我覺得心應該是在肚子裡。

一定、一定是長在尾巴上啦！

經常都是我還沒開始動腦，
尾巴就一個勁兒的搖起來了。

心當然是長在尾巴上。

咦？
我覺得心是長在耳朵上吔！

說不定心是長在手上唷！

握握手，就覺得溫暖，還能成為好朋友呢！

不過，心也有可能長在腳上唷！

嗯，真的有可能！

不，
我覺得心應該是長在眼睛裡。
光看眼睛就知道了！

現在到底是生氣呢？
開心呢？
還是難過呢？

答案都在眼睛裡啊！

我們會流下各種眼淚。

開心的淚、
難過的淚，
還有不甘心的淚。

說不定，
眼淚裡面也長了心。

心說不定是長在嘴巴裡唷！

喜歡的食物、
討厭的食物，
一吃就知道了嘛！

心說不定是長在聲音裡。

溫柔的聲音、
可怕的聲音、
悲傷的聲音，
還有充滿活力的聲音。

我覺得聲音裡
一定也長了心！

心實在太了不起了！
雖然外表看不見，卻長在身體的各個角落！

只要有歡樂的事情，全身就充滿活力，
一定是全身上下的心都很開心吧！

♥ 作 | **今野仁美**

　　繪本作家、散文家、創作型歌手，同時也是一位廣播節目主持人。在歌唱界正式出道的作品是《微聲——爸爸和你的影子》專輯。參與學校、福利機構等的現場演唱會時，會即興朗讀或演唱出觀眾給她的回饋意見，傾注心力與觀眾交心。除了創作繪本，也精采的將觸角伸及詞曲創作、音樂劇草案、音樂劇製作等領域。

http://www.konnohitomi.com/

♥ 圖 | **井本蓉子**

　　出生於日本兵庫縣，金澤美術工藝大學油畫系畢業。

　　前後以《貓的繪本》、《蕎麥花開的日子》連續兩年獲得義大利波隆那國際兒童書展厄爾巴獎，《井本蓉子歌謠繪本1》則獲該書展的插畫獎。2015年在巴黎和波隆那舉行繪本原畫展。

　　創作逾300本，包括《每天都是上天的禮物》（小熊出版）等。

http://www.imoto-yoko.co.jp/

♥ 翻譯 | **米雅**

　　插畫家、日文童書譯者，畢業於日本大阪教育大學教育學研究科。代表作有《你喜歡詩嗎？》、《小鱷魚家族：多多的生日》、《小鱷魚家族：多多和神奇泡泡糖》（小熊出版）等。更多訊息都在「米雅散步道」FB專頁及部落格：http://miyahwalker.blogspot.com/

精選圖畫書　**心在哪裡呢？**　作／今野仁美　圖／井本蓉子　翻譯／米雅

總編輯：鄭如瑤｜主編：詹嬿馨｜美術編輯：黃淑雅｜行銷主任：塗幸儀
社長：郭重興｜發行人兼出版總監：曾大福｜業務平臺總經理：李雪麗｜業務平臺副總經理：李復民
實體通路協理：林詩富｜網路暨海外通路協理：張鑫峰｜特販通路協理：陳綺瑩｜印務經理：黃禮賢
出版與發行：小熊出版・遠足文化事業股份有限公司｜地址：231 新北市新店區民權路 108-2 號 9 樓
電話：02-22181417｜傳真：02-86671851｜劃撥帳號：19504465｜戶名：遠足文化事業股份有限公司
客服專線：0800-221029｜E-mail：littlebear@bookrep.com.tw｜Facebook：小熊出版

讀書共和國出版集團網路書店：http://www.bookrep.com.tw
讀書共和國出版集團客服信箱：service@bookrep.com.tw
團購請洽業務部：02-22181417 分機 1132、1520
法律顧問：華洋法律事務所／蘇文生律師
印製：天浚有限公司｜初版一刷：2019 年 11 月
定價：320 元｜ISBN：978-986-5503-10-9

『心ってどこにあるのでしょう？』
Text copyright © HITOMI KONNO 2018
Illustrations copyright © YOKO IMOTO 2018
First published in Japan in 2018 under the title " KOKOROTTE DOKONI ARUNODESYO? "
by KIN-NO-HOSHI SHA Co., Ltd.
Traditional Chinese translation rights arranged with KIN-NO-HOSHI SHA Co., Ltd.
through Future View Technology Ltd.
All rights reserved.

小熊出版官方網頁　小熊出版讀者回函